Z450

D0126298

Michel Gay, 1947 in einer Musikantenfamilie in Lyon geboren, besuchte eine Kunstschule, bevor er 1975 begann, Bücher für Kinder zu veröffentlichen. Er lebt in Südfrankreich und hat drei Kinder. Im Moritz Verlag erschienen bisher seine Bilderbücher *Wir kuscheln uns warm* und *Dem Hasen nach!*

Josette Chicheportiche, 1957 in Dakar (Senegal) geboren, studierte Englisch und Französisch und unterrichtete fünf Jahre als Lehrerin. Inzwischen übersetzt sie Bücher, lebt in Paris und hat zwei Kinder. Ihnen widmet sie ihr erstes eigenes Buch.

Für Louise und Antonin
J. C.

2. Auflage, 1997
© 1996 Moritz Verlag, Frankfurt am Main
Alle deutschsprachigen Rechte vorbehalten
Die französische Originalausgabe erschien 1996 unter dem Titel
Une étoile pour toi
© 1996 l'école des loisirs, Paris
Druck : Jean Lamour, Maxéville
Aubin Imprimeur, Liguçé-Poitiers
Printed in France
ISBN 3 89565 046 3

Michel Gay • Josette Chicheportiche

Ein Stern für dich

Aus dem Französischen von Holger Fock und Sabine Müller

Moritz Verlag
Frankfurt am Main

»Pscht! Seid mal still. Ich glaube, Großvater ruft uns!«
Bianca, das Hasenmädchen, hat gute Ohren.
»Alex! Simon! Lukas! Yvonne! Es ist Zeit, nach Hause
zu gehen. Bianca, stell bitte die Musik ab!«
Das Fest ist vorbei. Biancas Großvater ist da sehr streng.

Bianca knipst das Licht aus und sieht aus dem Fenster.
Ihre Freunde gehen alle nach Hause.
Lukas, der Igel, klopft gerade an die Tür. Tschüss, Lukas!
Alex, das Krokodil, sitzt schon am Tisch. Tschau, Alex!
Simon, der kleine Bär, läuft die Treppe hinauf. Gute Nacht, Simon!
Yvonne, die Ente, trödelt noch ein wenig. Bis morgen, Yvonne!

»Und, wie war dein Fest?«

»Wundervoll, Großvater!«

»Das freut mich. Jetzt aber ab ins Bad, waschen
und Zähne putzen. Es ist nämlich schon spät.«

»Oooch! Jetzt schon? Bitte, spiel noch einmal
Flieger mit mir. Ich bin das Flugzeug, und du…«

»Für heute hast du genug getobt. Sieh mal,
deine Freunde gehen schon schlafen.«

Lukas liegt bereits im Bett.
Seine Mutter erzählt ihm noch eine Gute-Nacht-Geschichte.
Yvonne kämmt sich. Alex putzt sich die Zähne,
und Simon trinkt seine Milch.

Bianca nickt. Großvater hat Recht.
»In Ordnung, dann spielen wir morgen wieder Flieger.
Aber du erzählst mir noch eine Geschichte?«
»Einverstanden«, antwortet Großvater und lacht.

Bis Großvater kommt, hüpft Bianca
auf dem Bett herum.
»Pscht! Bianca! Jetzt ist aber Schluss mit dem Unfug!«

»Hier ist deine Milch.«

»Großvater, warum wird es jeden Abend dunkel?«

»Es wird dunkel, weil die Sonne schlafen geht.«

»Geht sie genauso schlafen wie wir?«

»Na ja, das sagt man so. Komm, leg dich hin.
Dann erzähl ich dir, warum es jeden Abend dunkel wird.«

»O ja!« Gespannt schlüpft Bianca unter die Bettdecke.

Großvater löscht das große Licht und überlegt.

»Weißt du, die Sonne gibt uns ihre Wärme und ihr Licht.«

»Wie eine Lampe?«

»Wie eine riesengroße Lampe.«

»Aha! Und abends macht man sie aus?«

»Hmm, ähm.« Großvater weiß nicht, was er antworten soll.

»Nein, niemand kann die Sonne ausmachen. Sie verschwindet
einfach hinter dem Wald, und dann wird es dunkel.«

»Und die Sterne, Großvater? Sind das kleine Lämpchen?«

»So könnte man sagen. Siehst du den Stern, der über dem
Haus der Igels scheint? Das ist der Stern von Lukas.
Und wenn Lukas schläft, wacht er über ihn.«
»Hab ich auch einen Stern, Großvater?«
Bianca sucht am Himmel nach ihrem Stern.
»Auch du hast einen Stern, wie alle Kinder. Aber...«

»…du kannst ihn nicht sehen. Dein Stern leuchtet erst,
wenn du schläfst. Niemand kann seinen Stern sehen.
Siehst du, jetzt sind auch die Sterne von Simon, Alex und Yvonne
aufgegangen. Deine Freunde schlafen alle schon.
Deshalb können sie deinen Stern nicht sehen.
Aber ich werde ihn sehen, mein Liebling, sobald du eingeschlafen bist.«

Doch Bianca hört ihn nicht mehr. Sie schläft.
Vorsichtig legt Großvater sie ins Bett zurück.
Dann knipst er die Nachttischlampe aus
und zieht die Vorhänge zu.

Vor dem Schlafengehen dreht Großvater noch eine Runde
ums Haus. Er schaut in den Himmel:
»Wie hell dein Stern doch leuchtet, mein Liebling!«
Zufrieden kehrt er ins Haus zurück
und schließt leise die Tür hinter sich.

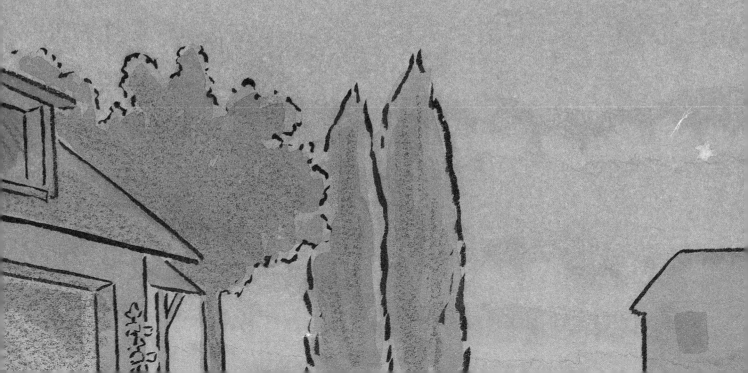

Bianca schläft tief und fest.
Ihr Stern strahlt in der Nacht,
und wie am Tag sind alle Freunde da.

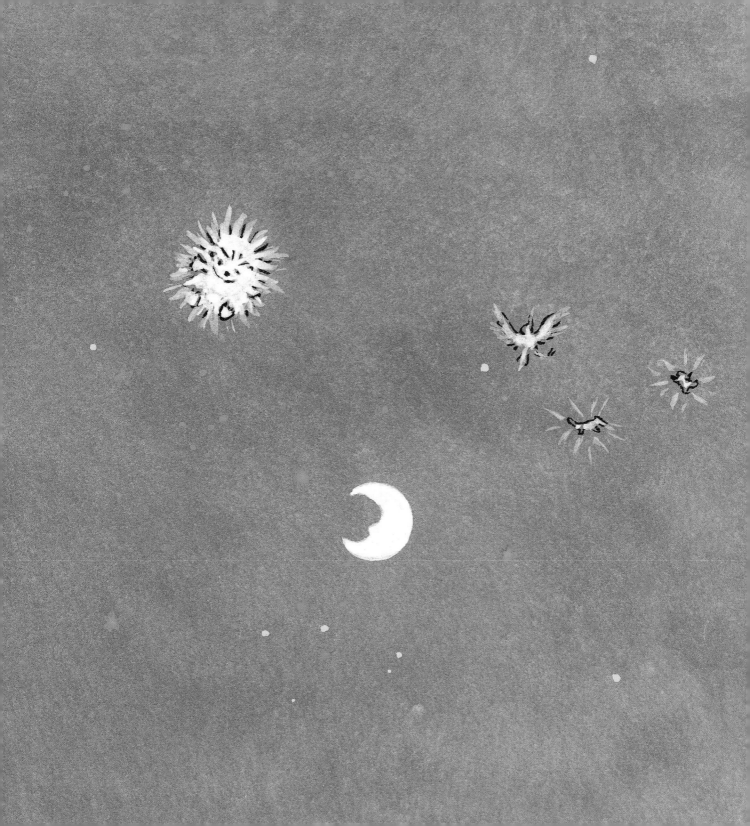